開始　結束
然後呢 ……

阿費 著　·　阿滋 繪圖

commencement

當一切都過去的時候……

自 序

今年25歲
聽說
女人的黃金歲月
也將從這個分界點開始
直線下滑

皮膚越來越沒有彈性
身材越來越蓬勃發展

站在25這個臨界點上
面對著直線下滑的超快感
更多了一些回首過去的感慨

25
開始跟自己
建立起友誼
永遠的愛你

Contents

Nina & Ricci part I

Nina & Ricci part I

Nina和Ricci
應該是同年同月同日生的
他們一起來到了我家
他們一起成長
一起分享所有生命中的喜怒哀樂

Nina生病
Ricci會在一旁難過
Ricci哀嚎
Nina也會在一旁哀嚎

偶爾
他們也是會有爭執的
激烈的爭吵
甚至冷戰

不過不久之後
Ricci會抓一下Nina的頭
Nina也會禮貌性的回抓一下

然後他們
就若無其事的打鬧起來

他們這輩子
只有彼此

他們窩在一起
沈沈的睡著了

開始，結束，然後呢

無重力狀態

深深的吸了一口氣
我輕飄飄的浮在空氣中
全身軟綿綿的

靜靜的
抽離了自己
才發現了那個沮喪的自己
也發現了那個無助的你

看著爭執的我們
如果明天過後
一切都不在
那我們現在到底在爭什麼

如果
我們所在爭執的這一切
明天將會變得沒有意義
那麼
我們可不可以
暫時
先擁抱彼此呢？

如果不快樂

坐在我身邊的你
是不快樂的
套住你自由的我
是不快樂的
本來想要追求快樂的我們
被限制在愛情的桎梏裡
我們是不快樂的

回想起來
一開始不是這樣的
對不對？

追思著過去的甜蜜
我決定要把你放掉

不能擁有你的我
雖然會很難過
但至少不會痛苦
而重獲自由的你
我想
應該是快樂的吧！

 開始，結束，然後呢

空洞

我們默默的低著頭
吃著索然無味的飲食
曾經
我們也是侃侃而談的
而此刻聽到的只有咀嚼聲

沈默就像慢性傳染病
慢慢的
擴散在你我之間
很想說些什麼
但我們都發現
有些事情是
勉強不來的

很快
一個話題就結束了

情境沒有變
是我們變了
沒有過去的溫馨

剩下的是
令人無法承受的空洞

你躺在我身邊
熱情的擁抱
尚存的餘溫
而瞬間的熱情卻變成空洞
一種
想把自己藏起來的悲痛

不能被限制的靈魂

不用你說
我早知道你愛自由

你的自由
不是非得要居無定所
流浪漂泊
只是
你想要認真工作的時候
就要認真工作
你想要一點方便的時候
就需要通融
這就是自由
你會認真負責
但不願意有人在旁嘮叨
這就是你要的自由

如果我的肉體必須要被限制住
請上帝賜給我自由的靈魂
你是這樣說的

而你終於發現
很多事情只能被接受
不能被改變時
我們對望

然後笑了

 開始，結束，然後呢

沈沒

我再一次的沈沒
沈到深海底

努力了這麼久
我們終於發現
有些事情
是沒有辦法被改變的

你不願意承認
你還是說
我們再努力
不過
我很久以前就知道
是時候要接受現實了

於是
我沈沒了

沈沒
並不代表我不想堅持

只是
沈到了深海底
彷彿才能得到久違的寧靜

如果可以
我希望永遠都不要浮起來

 開始，結束，然後呢

睜開眼睛

睜開眼睛
朦朧的視線裡
看到你遠遠的走過來

不清醒的意識
讓我
控制不住淚水
看著你走過來
我哭著說
這輩子
我只有你了

你握著我的手
記得
你的手很溫暖

曾經
希望永遠都不要睜開眼睛

今天早上
睜開眼睛
看到出了大太陽

明天睜開眼睛
希望是
自然睡醒

開始，結束，然後呢

第三者

你和她
坐在一起
我坐在你們的對面
凝重的沈默
以及
滿桌子的菜

本來應該是
普通的晚餐
沒想到
出現在我眼前的
是她

這場2+1的飯局
不知道是不是
你所預期的

聽說
她也是第三者
那我是第四者嗎？

還是
除了你和我以外
剩餘的人
全部都是第三者嗎？

最後
我終於歸咎出一個結論
就是
除了你以外
全部的人
都是第三者

開始，結束，然後呢

從理所當然到感謝

你說世界上
沒有任何事情
是理所當然的
我說
有的
有一些事情
是應該要理所當然的

例如
對家人的犧牲奉獻
還有
對感情的付出

你說
就是因為沒有理所當然
所以才要心懷感恩的心
我說
視為理所當然
並不代表不懷感激的心

那麼
我對你所做的一切
你感受到了嗎？
你是愛我？
還是感激我呢？

開始，結束，然後呢

家人

他和她
曾經在眾多人面前
承諾彼此要相依相守一輩子
彼此合而為一

雖然在歲月的洗鍊中
他們
終於決定要分開
不過現在
他們仍然是家人
在月圓團聚之日
一家四口
仍然會齊聚一堂
一起吃團圓飯

她看著孩子
是慈祥的
她看著他
是哀傷的

孩子們
是沈默的

他口口聲聲說
她是他的家人
而她愛上了別人的家人

這種家人
是經不起一次的背叛

他們現在仍是家人
坐在餐桌的對面
看著孩子吃飯

開始，結束，然後呢

最後一刻

這一刻
如預期的到來
不早不晚
彷彿我們都算好了一樣
忽然覺得
愛情什麼時候變成了公式？

我們彼此對望著
我想你是知道的
只是
與其說希望有轉機
在這一刻
你想要的
我想
應該是漂亮的下台
再一鞠躬

一貫性的瀟灑

你說
我們以後做好朋友
我淡淡的
笑著說
記得要彼此保持聯絡

在這一刻
並沒有想像中的激情
也沒有無法抑制的憤怒

淡淡的哀傷
濃濃的回憶
以及寒冷的冰點
這就是我們的
最後一刻

開始，結束，然後呢

白頭到老

長滿斑的手
緊緊牽在一起
蹣跚的
一步一步
慢慢的
走在夕陽優美的河堤邊

他願意娶她為妻
無論生老病死
都願意在一起
直到永遠

一輩子起起伏伏
每天為著生活爭執
孩子們都已經各自紛飛
最後
又剩下他和她了

曾經
期許過榮華富貴

只是曾經大家都忘記
平凡無奇的人生
才是最珍貴的

失去

我們相遇在一個慌亂的情緒裡
我期待能夠見到你
但卻又莫名的害怕
太年輕的我
在還沒釐清自己的情緒時
發現
你已經離開了我

緊張後的彈性疲乏
被一股揮之不去的哀傷包圍
我陷入
思念的哀愁裡

無法留住你而失去了你
但是如果
能再一次的遇到你
我願意付出我的所有
只為了把你留在我身邊

開始，結束，然後呢

Nina & Ricci part II

Nina & Ricci part II

今天
冰箱上放了一個新玩具
那個東西
是可以黏在冰箱上
又可以夾東西的夾子

Ricci坐在冰箱前
看了老半天
而一旁的Nina
過了沒多久
就到Ricci旁邊來

開始，結束，然後呢

他們一起坐著
就這樣抬頭看

雖然不知道他們到底在看什麼
不過他們想的
應該是是同一件事情吧

那就是
看夾子

開始，結束，然後呢

連續劇裡的愛情故事

婚外情
純純的初戀
天雷勾動地火的愛戀
曖昧
暗戀

連續劇裡
好像都是圍繞著一個問題在打轉
那就是
人到底能為愛情付出多少？

連續劇裡的愛情
無關乎結局
總是讓人覺得黯然銷魂
於是
愛情是不是人
維持生活熱忱的一種生活方式呢？

亦或是
現實生活中的不完美
才襯托出烏托邦的淒美

無論是happy ending
或是黯淡的結束
愛情
不只生存在連續劇裡

生活
才是連續劇

 開始，結束，然後呢

星期五晚上

記得以前
在星期五晚上
一定是有你陪伴

或許
只是兩個人
簡單的吃個晚飯

曾經
每個星期五晚上
都要刻意安排節目
排解掉
無法獨處的窘境

現在
每個星期五晚上
除非自己真的想出門
不然
就算有人約也會推掉

星期五晚上
一個人
看著電視喝著酒
慰勞自己工作辛苦
然後
怡然的睡著了

 開始，結束，然後呢

喜宴

走進電梯
玻璃外觀可以瞭望外景
緩緩的降到一樓
看到一樓的喜宴會場

會場門口
新郎忙著招待
櫃檯人員
忙著點收禮金
還有一群
忙著簽名並進場的賓客
會場內
陌生人之間
沒有交集的聊著
覺得有機會就互相交換名片
會場外面
坐著一群癮君子
在等待著開席

新娘
坐在會場最裡面的小房間裡
等待著

新娘
看著鏡子
濃妝豔抹
好像看到了另一個自己
或許今天以後
就一定要變成另外一個自己

昨天哭了
失眠了
人生中最美麗的日子
就是今天
而心中的忐忑
多過於期待

浮腫的雙眼
長滿的痘痘
好像預告著什麼

 開始，結束，然後呢

可能是自己想太多了吧
新娘搖著頭
輕輕嘆了一口氣

喜宴終於開始了
接下來
雷聲大雨點小
外面的吵雜
更凸顯她內心的寂靜

新朗一杯接著一杯
鞠躬
微笑

喜宴結束了

新娘摸著肚子
真實的人生
開始了

KTV

現代人
無處可去
逢年過節
慶祝的方式
往往侷限在某個空間

在這個叫做
KTV的空間裡
大家可以
唱歌、吃東西、喝酒、玩樂

有人唱歌
有人喝酒
有人哭泣
有人睡覺
有人跳舞
有人吃東西
有人忙著跑廁所
有人悠閒的翻雜誌
有人一直盯著手機看
有人的手開始不安分起來

 開始，結束，然後呢

大聲宣洩心中的情緒
一杯接著一杯
彷彿要印證些什麼
流出心中的難過
可心中滿滿的情緒
好像還是淤在那裡

KTV外面
有人在講電話
有正在離別的人群
有人在丟骰子吃香腸
有在等待的司機先生們

酒後飯飽
大聲吼叫
用力猛灌

大家KTV再見

沒有了你，之後

沒有了你之後
水電工換我做了
沒有了你之後
帶Nina跟Ricci去看病變得很麻煩
沒有了你之後
家裡很少會現煮咖啡
沒有了你之後
沒有壯丁可以扛桶裝水
沒有了你之後
不再有人會半夜幫我打蚊子

沒有了你
之後
我淡淡的沈浸在哀愁裡
回想著過去的點點滴滴

 開始，結束，然後呢

手機

有很長一段時間
我以為
手機壞了

它好像睡著了

我不時的檢查著手機
以為
只是沒有響
其實是有人找過我

手機忽然響了
妙齡女郎的答錄機聲音
讓我馬上切斷電話
忽然
臉紅了
對於自己莫名的期待
以及無知的期許感到無地自容

在等待誰
在期待誰

一個朦朧的幻象
對方甚至不知道我的電話

持續的等待
預期的失落
以及
沈沈睡著的手機

最美的，永遠的

無心發現過去寫給你的日記
裡面的內容
零零散散
日記的日期
停留在兩年前

看著曾經對你的思念
曾經對你訴說著我的心情
回想起過去的點點滴滴

你在我的心裡
仍然是那麼的美
所有與你的第一次
全部湧上心頭
淡淡的
但真實的

心裡有點難過

再一次見到你
我才明白
最美的
永遠的留在我的腦海裡
而不是
有你的現在

 開始，結束，然後呢

一個，女人

一個女人
坐在餐廳裡點晚餐吃
還加點一瓶啤酒

一個女人
吃得津津有味
看的人
則對於這個畫面
感到非常的匪夷所思

耳邊的竊竊私語
反而助了酒興

這間餐廳離家很近
下班順道晃過來
吃著一品豬排飯
配著清涼的啤酒

簡直是人間似仙境
不是嗎？

怎麼一個人吃飯？
沒有男朋友嗎？
好可憐喔！

耳邊的音樂越響亮
嘴角的笑意就越來越自然

長的那麼秀氣
怎麼一個人在喝酒？
失戀了吧

這次是情境音樂
感傷中帶點浪漫

是啊！
我曾經失戀的時候
一個人喝酒
哭泣
耳邊的聲音
腦海的回憶
心理的悸動
泰然的笑容
沒停過的嘴巴

 開始，結束，然後呢

一個女人
獨自享受著晚餐

失眠

半夜睡不著
翻來覆去
反而想更多

可憐的你
就這樣被我吵起來

如預謀一般
香檳
早就冰在冰箱裡

我們喝著香檳
還有來點古巴的爵士音樂
溫柔到有點想哭的旋律
讓夜變得更美

香檳配爵士
美化了失眠的夜晚
雖然明天起床時
一定會罵出髒話

開始，結束，然後呢

不過
誰又會在這一刻
計較那麼多呢？

星星

我們牽著手
走在颱風剛過境的河堤

風雨過後
天空
竟然可以如此的乾淨

颱風過境
吹得窗戶摩擦
發生巨響
用棉被緊緊纏住身體
顯然
是無法安撫心中的恐懼

凌晨的空氣陰涼潮濕
襯在夏夜裡
令人有種
開心到想要大叫的愉悅

所幸
脫掉鞋子光著腳

感受大自然
用心呼吸

我抬著頭
看著星星
清澈的天空好多星星

台北的天空
光害太深
星星
陣亡了

記得小時候
看到很多星星
多到感覺像是
水桶裡的水整個灑出來的感覺

還記得
看流星雨
躺在濕濕的山坡上
等待著流星雨滑過
想要大叫一聲
就能實現願望

最浪漫的一次
莫過於站在海邊
看著星星
你站在我後面扶著我
我倒在你身上
抬頭看著星星
閉上眼睛
海風吹在臉上
久久的
沈醉在星空下

我搖搖晃晃的走著
你怕我摔倒
緊緊的牽住我

走累了
你就背起我
真怕
把你的腰給折斷了

從天黑
走到天亮

 開始，結束，然後呢

期待著

下次

星空下再見

原來，大家都一樣

有天
跟同事閒聊
發現
她也一直在尋找
自己喜歡的東西

在健身房
跳有氧舞蹈
跟不上拍子的
原來不只有我一個人

三溫暖裡
兩位太太在聊天
原來
那位看似很時髦的小姐
有一個國中的女兒
曾經不堪前夫虐待
打了兩年官司才脫身

原來
大家都在擔心

 開始，結束，然後呢

皮膚會隨著年齡鬆垮
原來
大家都在擔心
身材不停的往外擴張
原來
大家都在擔心
人生就這樣逝去了

原來
大家都一樣

劇情

本來
中午想要來點午睡的
因為昨天晚上
根本沒有睡好

中午吃飽躺著
閉著眼睛
反而睡不著了

閉著眼睛
又想起了那個人
或許
存在著某些憧憬
也或者
把自己想要發生的事情
套上某個人
然後
就這樣自編自導的
在腦海裡排練起了劇情

開始，結束，然後呢

我坐在詩意的咖啡廳裡
突如其來的
電話響了
竟然是那個朋友
我們寒暄了幾句
就約好時間見面
那天應該是星期六

我們約好在國父紀念館見面
一起買咖啡
我希望是
坐在國父紀念館的周圍喝
我尤其偏好坐在建築物四周的大石扶手上
兩腳晃來晃去
然後看著走來走去的人

之後
我就建議去一趟台北101
在這之前
我會先問他晚上有沒有事

如果沒有
就請他借我一個晚上
如果他沒有事情
那麼
我想他會答應

我們去台北101地下二樓的Jason's
一個非常別緻的超市
那種超市的格調
正合我意
每次去
都一定要進去逛一下

進去那邊
目的是買兩樣東西
一個是香檳（Jason's裡面有一個wine shop，我上次去買
的時候感覺就覺得很不錯）
一個是草莓

我很想要試試看香檳配草莓
就好像電影裡面看到的一樣
我想我會先試喝香檳

味道不錯

可能就會買兩瓶

為什麼要在Jason's買草莓呢？

除了方便之外

就據我上次看到

那邊有進口草莓

草莓又大顆又漂亮

看了就想咬兩口

買完這兩樣

我想

我會想要去

如果那位朋友沒有特別推薦的地方

那麼

我想我會選擇

去淡水或北海岸

吹著海風喝香檳

地點就在經過淡水老街

然後出現一排白色矮梯的那邊

把車停在一邊

我們就坐在白色矮梯上
喝香檳聊天

可以把車窗拉開
放FM來聽
就是這種感覺

喝完
就一路開回家
當然在微醺的時候
發生的任何狀況
都是我所樂見的

腦海裡想著這些
也難怪怎樣都睡不著

在這一連串的故事裡
我有想過
對方會怎麼想我

恩
這是一個很好的問題

開始，結束，然後呢

不過
反正
美味佳餚擺在眼前
享受一下
又何妨呢？

劇情 2

另一個公式
正被醞釀中

如果能夠找到一個讓我感覺不錯的人
這個人
我希望他是有車的
如果沒有
那麼
我們可能要花一些錢在坐小黃

時間應該是晚上
因為
晚上特別能襯托出浪漫的感覺

這次是野餐

地點
有幾個地方
1. 中正紀念堂
2. 國父紀念館
3. 市立美術館

或者
類似這種能夠感受到某種感覺
但是人又不會太多的地方

餐點的內容
1. 紅酒兩瓶，超市普通貨
2. 用細麵調製成的的龍蝦麵
3. 紅廚的麵包
4. 傳統義大利的Pizza

於是
我應該準備的是
1. 足夠的現金
2. 兩瓶紅酒
3. 兩個紙杯
4. 一個紅酒開瓶器
5. 面紙

這個時候
陪襯的男人
應該要在我們說好的時間
出現在敦南誠品
因為東區才買得到這些

彼此碰到面之後
就前往用餐的地點
某個戶外
我想到了地點
我決定了
那就是政大
行政大樓的石頭扶梯

到達目的地
應該是七點多一些
夕陽快西下
但天是亮的

我們走進去
到了行政大樓
人朝著資訊大樓坐著
把吃的弄好
開始進行野餐

兩個人吃吃喝喝
我想
大部分應該是我在緬懷著過去

或許吃完喝飽之後
還會去山上散個步
越來越覺得這個地點太妙了

兩個人微醺
有點搖搖晃晃的走上山
慢慢的走
走到可以看到夜景的地方
停下來
兩個人靜靜的看著夜景

慢慢的晃下來
酒是醒了
但人是醉了

接下來
可能有幾個後續發展
可能是去貓空晃兩圈
或者就這樣回到各自的家

無論如何
整個劇情
天衣無縫

寫完這個
讓我好想要趕快與個有感覺的人
然後
趕快依照我的劇本去做

迫不及待.....

在隧道裡

我們牽著手
在令人煩躁的雨天裡
踏入滿地泥濘
又沒燈光的隧道裡

下雨天的隧道裡
格外的令人覺得寒冷與陰暗
所謂的伸手不見五指
就是此刻那種恐懼的感受
若不是聽得到彼此的喘息聲
好像真的就會忘記自己的存在

一步一步的走著
我緊緊的握住你的手
握緊了
再用力握一次
深怕一放手就會迷失

時間好緩慢的過去
在黑暗的隧道裡
發現

自己只是這黑暗中的一小部分
曾幾何時
以為自己在人生最黑暗的角落裡
現在才明白
自己所謂的黑暗
原來只是因為光害而無法安眠的夜晚

在恐懼和寒冷的侵襲之下
你終於帶著我走出了隧道

鬆了一口氣
我把我的黑暗
留在隧道裡

附註：經過南部橫貫公路大關山隧道時.....

開始，結束，然後呢

在隧道裡 2

再一次
進入了隧道裡
陰涼的的隧道裡
出口
就在那前方
遠看似小洞的出口
是隧道裡唯一的亮點

我們牽著手
隨著人群的尾巴走入了隧道裡
沒多久
就只剩下我和你
本還會閒聊的我們
後來就默默的專心的走著

感覺走了一段
遙遠的小洞
比想像中更遠
仍然有很長的一段
突然覺得

那段到達小洞的路
好遙遠

最初的好奇
促使自己想要再一次踏進隧道裡
而現在
好奇的感覺沒了熱忱退了
逐漸有種陷入進退兩難的感覺

開始有點失去耐心
那時才發覺
要繼續走還是要退回去
只是一念之間
那種發生在呼吸之間的感覺

當我仍沈醉在進退兩難的思緒時
我們就這麼走出了隧道
在那陰暗又漫長的隧道之後
有著一個豁然開朗的峽谷

附註：經過太魯閣國家公園的白楊隧道時....

開始，結束，然後呢

Nina & Ricci part III

Nina & Ricci III

Nina和Ricci

雖然每天都在一個空間下生活

但是她們

儼然有著自己的生活

以及獨立的空間

Nina喜歡唱歌

她只要一看到家人回來

就開始唱歌

後來才發現

那是她撒嬌的方式

Nina的另外一個嗜好

就是

吃透明膠帶或透明塑膠袋

Ricci的嗜好
就是把自己
塞在密閉式的小空間
例如
小箱子、塑膠袋、背包

當然她們
也有重疊的興趣
就是
追蟑螂

Nina和Ricci
這輩子都沒有分開過
除非死亡把她們隔開
她們這輩子都會在一起
不過
她們應該不容易厭倦彼此才對

開始，結束，然後呢

深夜裡

這個夜
我隨著我和你熟悉的路徑
來到我很熟悉
但卻不曾踏入的領土裡

夜裡
想起你說
在我身邊很有安全感
於是
一向覺不多的你
總是會比我先睡著

是嗎？
那你是不是為了安全感
才抱著她入睡呢？

夜裡
喝了一瓶香檳
泡了40分的熱水澡
仍然無法入睡

我
在這個深夜裡
看著路燈的影子
越拉越長
想著你和她
曾共有過的夜晚

看著
看著
太陽昇起來了

 開始，結束，然後呢

站

我坐著捷運
經過
我們曾經一起在星期五晚上
一起回家的路

記得
我告訴過你
我很享受星期五晚上
與你一起回到你的窩

你和她
應該也是沿著這條路
回到她的窩

依照我和你
曾經有過的模式
甚至
更熱情的享受著甜蜜的
時時刻刻

經過她常下站的站
我想起我們曾經一起去KTV跨年
在她家渡夜
難怪你那天的情緒
是那麼不穩定

經過你常下的站
想起
你總是站著等我的那個地方
想起
我們曾經一起看夕陽
喝咖啡的地方
想著
你和她是不是也是這樣

今天
我再次經過
想起所有的種種
想著你們

我
哭了

開始，結束，然後呢

Dear both

這件事情的發生
讓我再一次
有機會
真的認識我自己
原來自己
也是那麼庸俗

我曾經
懷疑你們
而單純的我以為你們
應該只是常常通電話而已
我竟然忘了
男女之間的可能
是無限度的

以前
聽到類似的事情時
我總是會覺得
錯應該在男方
因為
是男方刻意去招惹的

而事情發生在自己身上
我發現整件事情
像是
弟弟吵著姊姊
要偷東西
姊姊明知不行
卻還是被弟弟說服
還陷入欲罷不能
我對弟弟
是失望並絕望
對姊姊
是有種說不上的苛責
與憤怒
於是
整件事情
也再一次的印證
原來
女人的敵人
真的是女人

開始，結束，然後呢

你們
是怎麼看著我的呢
那麼多次
大家相聚的時刻
或因為我身體不適
無法出席的時候
而你們
可以正大光明相聚的時刻
那是
不為人知的愉悅嗎？

聽說快樂有多多
相對的痛苦也就會多多
所以我想
你們當初的快樂
應該超越了某個意境
不然現在
又怎麼會有這麼龐大的羞愧
以及
不堪呢

其實
我真正想說的是
對不起

對不起
是我自己主動
說要跟你在一起
是我自己主動
要跟你培養感情

對不起
是我自己主動
跟妳分享我的心事
妳工作忙還陪我聊天

對不起
我知道
就算不是妳
他還是會去找別人
只是
事情發生在妳身上
我只能對著妳生氣

開始，結束，然後呢

是我自己
主動去親近你們
是我自己
愚昧
沒能及時察覺
是我自己
沒用
所以明知道
是自己這麼沒用
還在那邊怪人家

你不愛我
是不需要理由的
相對的
你們相愛
也是不需要理由的

我想
如果當初
不是我有那麼多的不是
那你
也不用急著找慰藉

而就算我再怎麼好
或許
你還是會找慰藉
只是
相對的
你只會更不能原諒自己

閉上眼睛
想著過去
大家一起分組對抗
一起喝酒
一起笑
眼淚
不聽使喚的流下來
久了
真的感覺淚乾了

夜裡躺著
閉上眼睛
記憶的碎片
扎得我好痛
睜開眼睛

看著天花板
看到累了
就昏睡了

我希望自己
能夠堅強
不要倒下去

最後
希望你們
以後
不要再做出這種事情
我也會努力
把這件事情帶給我的破壞力
降到最低
更努力的過我的日子

開始，結束，然後呢

最　　後

20年後

聽說
我們是青梅竹馬

彼此再次相遇
陌生中
帶有些許的熟悉
對於過去
依稀但太模糊

喝咖啡
看著窗外
來去的行人之間
連續但沒有交集的對話

你只記得我的小名
無怪乎
我在電話那頭報上全名時
你沈默

開始，結束，然後呢

以及
不知所措

20年後
我們坐在
當初不屬於自己的城市裡
真想
與你一起
回到過去

溫暖

知道了你的背叛
4小時
我的人氣
忽然像刮颱風一樣
旋風般的掃起來

已經很久
沒有人跟我說
可以24小時打給他們
或者
可以隨時過去找他們

尤其
我那個
把家當旅館的
二姊
竟然買了好多我喜歡吃的東西
還很窩心的
煮很多東西

我想
她怕我變太瘦
然後嘲笑她
所以
才會先下手為強
心機真重

整個週末
都有人在身邊照顧
雖不明顯
但是
想要安慰
但卻不知要說什麼的心情
是那麼明顯

星期天晚上
妳怕我睡不著
還叫Nina和Ricci來陪我
他們忙著在房間跑來跑去
反而讓我失眠

星期一晚上
一通電話

湊齊了四個人
彷彿要開桌一樣
浩浩蕩蕩的闖進KTV
舉辦一場催淚大會
無奈怎麼唱
淚就是掉不出來
最後
唱到那首經典的
領悟
我唱著
啊多麼痛的領悟
你曾是我的全部
然後就潸然淚下

是啊
曾經吧
曾經是我的全部

唱著
哭了
累了

想回家睡覺了

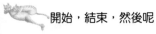
開始，結束，然後呢

謝謝妳們陪我走過這一段

今年
發生了很多事情

職場上的不順利
感情上的分離
家庭糾紛
以及
背叛

曾經
連續一個月
每天都要喝酒
喝到凌晨才會回家

每天
都要MSN吵著聊天
抓起電話
就滔滔不絕的講

有次
還要一天吃兩次午餐

最後甚至崩潰

這麼長一段時間以來
我的家人
以及我的摯友
一直在身邊
陪著我
讓我跌倒了
又站起來了

我總是想
縱使情況很糟
但是這一定不是最壞的

下次
如果妳們遇到狀況時
讓我來
陪著妳們吧

開始，結束，然後呢

雨中漫步

雨
已經下了好多天
可能上帝太難過
所以連續哭了好多天

上帝哭了
山崩了
河堤塌了

我也連續哭了好多天
眼腫了
我累了

昨天
上帝跟我一起哭了

上帝的淚
打在我身上
我的淚
滑下我的臉頰

今天
上帝仍然在哭泣
而我
決定撐起傘
在雨中漫步

開始，結束，然後呢

永遠愛你

寶貝
你已經離我遠去了
你過得好嗎？

你甚至沒有讓我
為你送最後一程
你在我睡著的時候
悄悄的走了
或許
你也捨不得離開我
對不對？

寶貝
你會想我嗎？
寶貝
你是不是已經照著你的願望
有了一個溫暖的家
有愛你也你愛的人

寶貝
你幸福嗎？

永遠的愛你

開始，結束，然後呢

國家圖書館出版品預行編目

開始 結束 然後呢…… / 阿費著；阿滋插圖
. -- 一版. -- 臺北市：秀威資訊科技，
2005[民 94]
　　面；　　公分. -- (語言文學類；PG0042)

　　ISBN 978-986-7614-93-3(平裝)

855　　　　　　　　　　　　94000791

語言文學類　PG0042

開始，結束，然後呢

作　　者 / 阿費 著　阿滋 繪圖
發 行 人 / 宋政坤
執行編輯 / 李坤城
圖文排版 / 劉逸倩
封面設計 / 郭雅雯
數位轉譯 / 徐真玉　沈裕閔
圖書銷售 / 林怡君
法律顧問 / 毛國樑　律師
出版印製 / 秀威資訊科技股份有限公司
　　　　　　台北市內湖區瑞光路 583 巷 25 號 1 樓
　　　　　　電話：02-2657-9211　　　傳真：02-2657-9106
　　　　　　E-mail：service@showwe.com.tw
經 銷 商 / 紅螞蟻圖書有限公司
　　　　　　台北市內湖區舊宗路二段 121 巷 28、32 號 4 樓
　　　　　　電話：02-2795-3656　　　傳真：02-2795-4100
　　　　　　http://www.e-redant.com

2005 年 1 月 BOD 一版
定價：160 元

讀 者 回 函 卡

感謝您購買本書,為提升服務品質,請填妥以下資料,將讀者回函卡直接寄回或傳真本公司,收到您的寶貴意見後,我們會收藏記錄及檢討,謝謝!

如您需要了解本公司最新出版書目、購書優惠或企劃活動,歡迎您上網查詢或下載相關資料:http:// www.showwe.com.tw

您購買的書名:_____

出生日期:_____年_____月_____日

學歷:□高中 (含) 以下　　□大專　　□研究所 (含) 以上

職業:□製造業　□金融業　□資訊業　□軍警　□傳播業　□自由業
　　　□服務業　□公務員　□教職　　□學生　□家管　　□其它_____

購書地點:□網路書店　□實體書店　□書展　□郵購　□贈閱　□其他

您從何得知本書的消息?

　　□網路書店　□實體書店　□網路搜尋　□電子報　□書訊　□雜誌
　　□傳播媒體　□親友推薦　□網站推薦　□部落格　□其他_____

您對本書的評價:(請填代號　1.非常滿意　2.滿意　3.尚可　4.再改進)

　　封面設計____　版面編排____　內容____　文／譯筆____　價格____

讀完書後您覺得:

　　□很有收穫　□有收穫　□收穫不多　□沒收穫

對我們的建議:_____

_____

_____

_____

11466
台北市內湖區瑞光路 76 巷 65 號 1 樓

秀威資訊科技股份有限公司　　　收

BOD 數位出版事業部

....

（請沿線對折寄回，謝謝！）

姓　　名：＿＿＿＿＿＿＿＿＿　年齡：＿＿＿＿　性別：□女　□男

郵遞區號：□□□□□

地　　址：＿＿＿＿＿＿＿＿＿＿＿＿＿＿＿＿＿＿＿＿＿＿＿＿

聯絡電話：(日) ＿＿＿＿＿＿＿＿＿＿　(夜) ＿＿＿＿＿＿＿＿＿＿

E - m a i l：＿＿＿＿＿＿＿＿＿＿＿＿＿＿＿＿＿＿＿＿＿＿＿＿